LES

SOUSCRIPTIONS DE LETTRES

DANS LA CORRESPONDANCE

DEPUIS

le XVIe siècle, jusqu'à nos jours

PAR

PAUL DABLIN

AVEC PRÉFACE

DE

GEORGES MONTORGUEIL

Février 1903

VENDOME
IMPRIMERIE F. EMPAYTAZ
27, rue Poterie, 27

LES

SOUSCRIPTIONS DE LETTRES

DANS LA CORRESPONDANCE

Depuis le XVIe Siècle, jusqu'à nos Jours

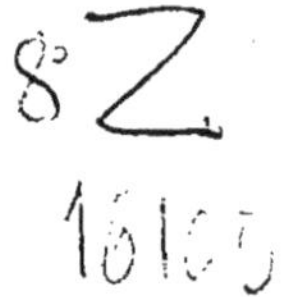

LES

SOUSCRIPTIONS DE LETTRES

DANS LA CORRESPONDANCE

DEPUIS

le XVIe siècle, jusqu'à nos jours

PAR

Paul DABLIN

AVEC PRÉFACE

DE

Georges MONTORGUEIL

Février 1903

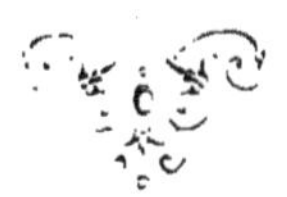

VENDOME

IMPRIMERIE F. EMPAYTAZ

27, rue Poterie, 27

PRÉFACE

Adieu papiers, vendanges sont faites ! Le vent d'enchères vous disperse, mais l'original qui vous avait réunis pour sa délectation a voulu conserver un souvenir de vous. Trente ans, dans vos chastes chemises, que n'approchaient point les mains indiscrètes, vous avez gardé pour lui jalousement les trésors de vos formes épistolaires. Il parlait de vous souvent, s'il vous montrait peu. Il avait pour vous la ferveur de l'amant et sa jalousie. Il aimait votre compagnie, à ses yeux d'autant plus choisie, qu'il l'avait choisie lui-même, au hasard des flâneries, ramenant dans sa « bauge » tantôt un poète, tantôt un soldat, tantôt un roi.

Il s'est résigné à la séparation, toutefois non absolue puisque, vous tirant sa révérence, il garde les vôtres : il garde votre geste d'adieu impérieux ou familial, votre politesse fleurie en jolies épithètes sur la grâce déliée des paraphes.

tout un art perdu, en ce temps de gens pressé, dont la courtoisie sans style a congédié le protocole.

Aussi, chercherais-je en vain, papiers, comment vous dire les sentiments avec lesquels, j'ai l'honneur d'être, de M. Paul Dablin, pour ce qu'il m'a permis de vous saluer sur le seuil, au départ, son très reconnaissant et très dévoué,

Georges Montorgueil.

ADVERTISSEMENT

DE L'AUTEUR

C'est icy, ami lecteur, un livre de bonne foy Il t'advertit dès l'entrée, que ie ne m'y suis proposé aucune fin, si non domestique et privée ; ie n'y ai eu nulle considération de ton service, ny de ma gloire ; mes forces ne sont pas capables d'un tel dessein.

Ie l'ay voué à la commodité particulière de mes parents et amys, à ce que, l'ayant consulté, (ce qu'il leur sera loisible de faire en un temps bref, ils y puissent trouver amusement et proufit, et que, par ce moyen, ils nourrissent plus vive la recognoissance qu'ils auront de moy. Si c'eust esté pour rechercher la faveur d'autruy, ie me fusse mieux paré, et me présenteroys en une desmarche estudiée : ie veulx qu'on y voye en façon simple, naturelle et ordinaire, sans convention ni artifice, la falson d'escrire en la terminaison ès lettres mis sives de tous ceulx dont à grand renfort de pécune et patiance non moins grande i' ay recueilli les escripts.

Sur ce, reste en arrest, amy lecteur, adieu, et bonne digestion : Ainsy que le disoit Gallienus : l'esprit est sain quand le ventre est libre.

Escript de ma Bauge, ès rüe Royale, lieu cher à tous amis, ce V^e iour de feborier, l'an mil neuf cent et trois.

INTRODUCTION

Au moment de me séparer à jamais de mes chères collections d'autographes qui vont subir le feu des enchères publiques, j'ai jugé bon, désirant en garder un pieux souvenir, d'extraire de cet amas de lettres, les formules de souscription des personnages les plus importants depuis la Renaissance.

J'aurais désiré rendre ce recueil plus intéressant en analysant chacune de ces pièces ; mais, pressé par le temps et par la préparation de ma vente, je n'en ai point eu le loisir.

J'ai donc tout simplement composé ce petit recueil, dont je ne tire aucune vanité ayant fait œuvre uniquement de copiste.

Ma satisfaction sera d'avoir pu intéresser l'écrivain, le dramaturge, le lettré et l'érudit : tous ceux qui vivent du passé et qui en connaissent la saveur. Il sera facile à mes lecteurs qui voudront rechercher un des personnages cités, de le retrouver aisément, puisque tout est classé par ordre alphabétique.

Mes lecteurs après avoir parcouru ce petit traité épistolaire reconnaîtront comme moi combien les formules de souscription des XVIIe et XVIIIe siècles sont littéraires, intéressantes et variées ; dans tous les extraits ici recueillis on n'en trouvera pas deux qui soient semblables.

Qu'on les compare à celles de notre époque si brèves, si uniformes, si incolores, telles que : *J'ai l'honneur de vous saluer*, — *votre bien dévoué*, — *bien vôtre*, — *tout à vous*, — *veuillez agréer l'assurance de mes sentiments distingués*, — *veuillez agréer l'expression de mes civilités les plus empressées*, et autres fadaises du même genre, et l'on émettra certainement avec moi le désir de voir opérer une sorte de Renaissance en cette forme de littérature qui fut et qui aurait dû rester un art. Si ce modeste recueil pouvait y contribuer j'en serais personnellement heureux.

Paul Dablin.

I

SOUVERAINS ET CHEFS D'ÉTAT

FAMILLE DES VALOIS

FRANÇOIS Ier.

Mandement signé par le roy : Troyes. le dixième jour d'aoust 1522. à nos aimez et féaulz les commissaires par nous ordonnez sur le fait des domaines.

Car ainsi nous plaist.

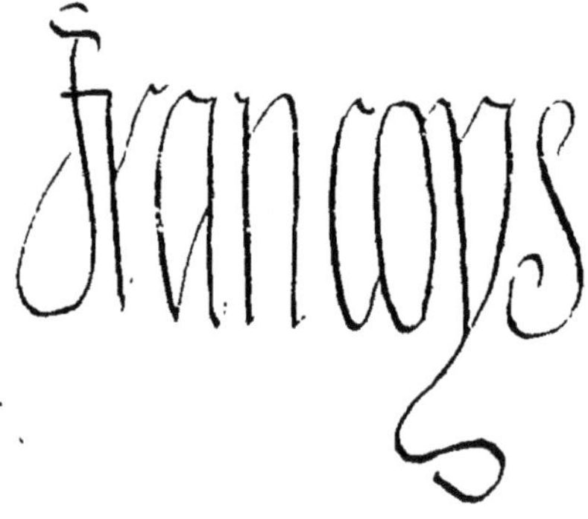

CATHERINE DE MÉDICIS.

L. s. avec souscription autographe au connestable duc de Montmorency : Châlons. 10 juin 1552.

Votre bonne commère et amye,

MARGUERITE DE VALOIS (dite la Reine Margot).

L. s. à M. Dupuy, vicaire général de Coudon : Agen. ce dimanche 5 juillet 1581.

Votre meilleure et asurée amie,

MARGUERITE DE VALOIS

CHARLES IX.

L. s. avec la souscript. aut. à son frère Henri III. alors roi de Pologne : château de Boulogne. près Paris, 30 juin 1573.

Vostre bon frère,

CHARLES.

HENRI III.

L. s. avec la souscript. et 4 lignes autog. comme duc d'Anjou à son frère Charles IX ; devant La Rochelle. 12 février 1573.

Vostre très obéissant frère et subjet.

HENRY.

FAMILLE DES BOURBONS

HENRI IV.

L. s. avec souscrip, aut. à M. d'Ussac : Nérac, 15 septembre 1579.

Vostre byen bon et asseuré amy,

HENRY.

HENRI IV.

L. s. avec la souscrip. aut. à M. de Matignon ; au bois de Vincennes, 1er juin 1574.

Priant Dieu mons^r^ de Matignon vous avoir en sa s^te^ et digne garde escript au Bois de Vincennes le premier jour de juing 1574.

Vostre bon amy,

HENRY.

MARIE DE MÉDICIS.

L. s. avec la souscrip. aut. comme régente au duc de Longueville : Fontainebleau, le 17e jour de juin 1613.

Vostre bonne commère,

MARIE.

VENDOME (César de), fils naturel de Henri IV et de Gabrielle d'Estrées.

L. s. au comte de Thoulongeon : Bordeaux, 21e Septembre 1653.

Et ainsy je me contenterai de finir en vous protestant que je suis

Monsieur

Vostre bien humble serviteur.

César de Vendosme.

Mon Cousin, je suis tres marry de ce que Le Card^al et sa fame se sont saunés ~~vous~~ il les faloit garder tout a fait et non a demy, je vas aujourdhuy coucher a Ecouan pour me rendre samedy a S^t germain, je vous recom^de plus que jamais davoir soin de vre personne, pour moy je me porte tres bien et vous asseureray tousjours de la continuation de mon aff^on et prieray le bon Dieu de tout mon cœur quil vous tienne en sa S^te garde LOUIS

a Fien. ce 6me auril 1634

LOUIS XIII.

L. a. s. Thieu, 6 Avril 1634, au Cardinal de Richelieu.

Je vous recommande plus que jamais d'avoir soin de vostre personne, pour moy je me porte très bien et vous assureray toujours de la continuation de mon affection et prieray le bon Dieu de tout mon cœur qu'il vous tienne en sa Ste garde.

LOUIS.

LOUIS XV (alors âgé de 12 ans).

L. s. à la reine douairière d'Espagne; Paris, 26 février 1722.

Sur ce nous prions Dieu qu'il vous ait Très haute très excellente et très puissante Princesse notre très chère et très amée bonne sœur, en sa Ste et digne garde.

Votre bon frère,
LOUIS.

LOUIS XVIII.

L. s. comte de Provence avec la souscription autographe. S. l. n. d., à Messieurs les Prevôt des Marchands et Echevins de la ville de Lyon.

Je m'intéresse à cette demande et j'en recommande le succès à ces Messieurs.

LOUIS-STANISLAS-XAVIER.

CHARLES X.

L. s. avec la souscrip. aut. à l'Impératrice Marie-Thérèse: Versailles, 5 août 1776.

Superbe lettre où il lui fait part de la naissance d'une fille.

Ma confiance dans les sentimens d'affection que votre Majesté a pour moi me fait espérer qu'elle voudra bien par-

tager la joie que je ressens de cet Evènement. Je la supplie d'être convaincue des sentimens respectueux avec lesquels je suis.

Madame,

de Votre Majesté
très affectionné frère et serviteur
CHARLES-PHILIPPE.

CHARLES X.

L. a. s. C. au baron de Damas; Colmar, 12 septembre 1829.

Adieu cher baron et chère Mme j'embrasse les bons petits enfants du plus tendre de mon cœur.

C.

CHARLES X.

L. a. s. à M. le baron de Pont l'abbé : Edimbourg, ce 29 décembre 1798.

Je vous renouvelle avec plaisir, Monsieur, l'assurance de tous mes sentiments d'estime et d'affection.

CHARLES-PHILIPPE.

BERRI (Duchesse de).

L. a. s. à M. le comte de... ; Brunsée, 12 mars 1849.

Croyez Mr le Cte à toute mon estime d'affection.

MARIE-CAROLINE.

FAMILLE D'ORLÉANS

LOUIS-PHILIPPE.

L. a. s. de son paraphe : St-Cloud, 9 septembre 1840.

Bon soir mon cher Comte,

LOUIS-PHILIPPE.

LOUIS-PHILIPPE.

L. a. s. de son paraphe à un Abbé : Neuilly, ce vendredi soir 22 sept. 1820.

En attendant je vous embrasse de tout mon cœur.

LOUIS-PHILIPPE.

MARIE-AMÉLIE.

L. aut. signée de son paraphe (à Louis-Philippe) ; St-Cloud, 29 août 1833.

Adieu mon bien aimé j'attends avec impatience tes nouvelles de Lisieux, je t'aime et je t'embrasse avec toute la tendresse de mon cœur.

MARIE-AMÉLIE.

MARIE-AMÉLIE.

L. a. s. à un Abbé : le 3 janvier 1824.

En attendant ménagez vous bien et comptez sur toute l'amitié de

Votre bien affectionnée,

MARIE-AMÉLIE.

MARIE-AMÉLIE.

L. a. s. à Mlle... à l'occasion de son prochain mariage avec le Marquis de Dalmatie: Thuileries, ce 17 février 1833.

Recevez donc tous mes vœux et en même temps l'assurance de tous mes sentiments pour vous.

Votre bien affectionnée,

MARIE-AMÉLIE.

AUMALE (Duc d').

L. a. s. à sa mère la reine Marie-Amélie: Neuilly. 28 juillet 1828.

Adieu ma chère maman, Totone (il s'agit d'Antoine, duc de Montpensier) *vous embrasse de tout son cœur ainsi que moi. Amitiés à Chartres.*

Votre respectueux fils,

D'AUMALE.

AUMALE (Duc d').

L. a. s. au général de Cissey: Paris, 25 juillet 1872 (lui annonçant la mort de son fils unique le duc de Guise).

Votre bien malheureux et affectionné Camarade,

H. D'ORLÉANS.

MONTPENSIER (Duc de).

L. a. s. à sa mère, pendant sa jeunesse: Randan, 21 Sept.

Adieu ma chère maman, je vous embrasse de tout mon cœur.

Votre tout dévoué fils.

ANTOINE D'ORLÉANS

NEMOURS (Duc de).

L. a. s. à son père (écrite à l'âge de 14 ans): Neuilly, 14 mai 1829.

Je vous embrasse de tout mon cœur.

NEMOURS.

FAMILLE BONAPARTE

BONAPARTE (Jérôme).

Collège de Juilly, 9 pluviose an VII : l. a. s. à son frère Joseph (épître intime à l'âge de 14 ans).

Adieu, mon cher frère, je suis en t'embrassant ainsi que ta femme ton frère le plus affectionné.

J. Bonaparte.

BONAPARTE (Louis), père de Napoléon III.

Paris, dimanche 18 frimaire, an XIII : l. s. avec une ligne autographe au Maréchal Moncey.

Recevez, Monsieur le Maréchal, l'assurance de ma haute considération.

Louis Bonaparte.

BONAPARTE (Lucien).

Paris, 4 pluviose an XI : l. s. au général Degrave.

J'ai l'honneur de vous saluer.

L. Bonaparte.

BONAPARTE (Joséphine).

Paris, 4 ventose an XII : l. s. à son intendant des jardins de la Malmaison.

Ayez en vue dans votre voyage l'embellissement de mes jardins de Malmaison, vous ne pouvez rien faire qui me soit plus agréable.

Joséphine Bonaparte.

BEAUHARNAIS (EUGÈNE DE), fils adoptif de Napoléon.

Paris, 1803 : l. a. s. à Berthier.

Je vous salue respectueusement.
BEAUHARNAIS.

BONAPARTE (ELISA), sœur de Napoléon, femme de Bacciochi.

Florence, 26 décembre 1813 : l. s. à sa sœur Pauline.

Je t'embrasse mille fois
Ta sœur,
ELISA.

BONAPARTE (ELISA).

30 décembre 1819 : l. a. s. à sa nièce Louise.

Je t'embrasse de toute mon ame
Ton affectionnée tante
ELISA.

NAPOLÉON III, empereur des Français.

Biarritz, 29 septembre 1865 : l. a. s. au Mal Vaillant.

Recevez l'assurance de ma sincère amitié,
NAPOLÉON.

NAPOLÉON III.

Fontainebleau, 27 août 1865 : l. s. à une dame.

Recevez l'assurance de mes sentiments,
NAPOLÉON.

NAPOLÉON III.

Mars 1850 : l. a. s. au prince Jérome, son oncle.

Recevez l'assurance de mon attachement.
LOUIS-NAPOLÉON.

NAPOLÉON III.

Fort-de-Ham, le 8 février 1846: l. a. s. à Monsieur ... (le nom a été gratté), député.

Recevez, Monsieur, l'assurance de mes sentiments de haute estime pour le savant et pour l'homme public.

NAPOLÉON-LOUIS BONAPARTE.

NAPOLÉON III.

Châlons, 26 juin (1864): pièce aut. sig. à la 3e personne. Dépêche adressée par l'empereur à l'impératrice alors à Saint-Cloud, et écrite de sa main. Il parle du prince impérial.

Embrasse le petit pour moi.

EUGÉNIE (l'impératrice), femme de Napoléon III.

Sans indication de lieu ni de date: l. a. s. à la comtesse Walewska.

Croyez à tous mes sentiments affectueux

EUGÉNIE.

BEAUHARNAIS (HORTENSE), reine de Hollande, mère de Napoléon III.

L. a. s. à sa mère l'impératrice Joséphine.

L'impératrice (Marie-Louise) se joint à moi ma chère maman pour vous embrasser bien tendrement.

HORTENSE.

FESCH (le Cardinal), archevêque de Lyon, oncle de Napoléon.

Lyon, 27 décembre 1813: l. a. s. à Pauline Bonaparte sa nièce.

Croyez à la sincérité de mes sentiments avec lesquels je suis
Votre très affectionné oncle

J. Card. FESCH.

FESCH (le Cardinal).

Paris, 27 août 1807, l. a. (minute) à son neveu Louis, roi de Hollande.

Je vous embrasse cordiallement et pour toujours.

Votre très affectueux oncle.

MURAT (Joachim), roi de Naples.

L. s. à son chef d'Etat-major Cavaignac: au camp de Piale (Calabre), 11 juillet 1810.

Sur ce, je prie Dieu, Monsieur le général, qu'il vous ait en sa sainte et digne garde.

Joachim Napoléon.

BONAPARTE (Jérôme), fils du roi Jérôme, cousin de Napoléon III.

Ce mardi 26: l. a. s. à François Arago.

Tout à vous de cœur

Napoléon Bonaparte.

BONAPARTE (Jérôme), cousin de Napoléon III.

Paris, ce 9 février (1852): l. a. s. à un électeur du Puy-de-Dôme.

Recevez, Monsieur, l'assurance de tous mes sentiments très distingués

Napoléon Bonaparte.

NAPOLÉON (Jérôme), cousin de Napoléon III.

Ce 26, onze heures du soir: l. a. s. à anonyme.

Recevez, je vous prie, l'expression de toute ma haute considération et de votre tout dévoué concitoyen.

NAPOLÉON BONAPARTE.

NAPOLÉON (JÉRÔME), cousin de Napoléon III.

Ce jeudi 27 mars: l. a. s. à anonyme.

Je vous serre la main et vous renouvelle tous mes sentiments d'affectueuse amitié.

NAPOLÉON.

NAPOLÉON (JÉRÔME). cousin de Napo léon III.

Armée d'Italie, 5e corps. quartier-général de Saliouze, le 9 juillet 1859: l. s. à S. E. le Mal Major général de l'armée d'Italie.

Recevez, Monsieur le Maréchal, l'assurance de ma considération la plus distinguée.

Le Prince Commandt le 5e corps,

NAPOLÉON (JÉRÔME).

BONAPARTE (MATHILDE, la princesse), cousine de Napoléon III.

4 janvier 1851 : l. a. s. à M. le Préfet de Police.

Recevez, Monsieur le Préfet, l'expression de tous mes sentiments les plus distingués.

MATHILDE BONAPARTE-DEMIDOFF.

NAPOLÉON (prince VICTOR), fils du prince Jérôme-Napoléon.

Bruxelles, 17 août 1886 : l. a. s. à la comtesse Fleury.

Croyez, chère comtesse, à mes sentiments les meilleurs.

VICTOR-NAPOLÉON.

BONAPARTE (prince Pierre), neveu de Napoléon III.

Auteuil, 26 septembre 1855; l. a. s. à M. Casanova.

Agréez, je vous prie, l'assurance de mon amitié.

Pierre-Napoléon Bonaparte.

PRÉSIDENTS

DE LA

RÉPUBLIQUE FRANÇAISE

THIERS (ADOLPHE).

Paris, 5 décembre 1869 : l. a. s. à M. Chassan, avocat à Rouen.

Recevez la nouvelle assurance de mon amitié.

A. THIERS.

MAC-MAHON (le maréchal de).

Versailles, 29 mai 1873 : l. s., comme Président de la République, au général de Cissey.

Veuillez agréer, mon cher général, la nouvelle assurance de ma haute considération et de mes sentiments affectueux.

Le Président de la République,

M[al] DE MAC-MAHON.

GRÉVY (JULES).

Lons-le-Saulnier, 6 août : l. a. s. à Havin.

A vous de tout cœur.

JULES GRÉVY.

CARNOT (Marie-François-Sadi).

L. a. s. à un intime : Paris. 25 avril 1891.

L'été qui finira bien par venir, et la villégiature te remettront j'espère: et tes amis auront le plaisir de te serrer la main au lieu de t'envoyer, comme je le fais, leurs cordiales sympathies.

Carnot.

CASIMIR-PÉRIER (Jean).

Paris; l. a. s., comme ministre de l'Instruction publique, à un ami, 31 janvier 1879.

Bien à vous.

Casimir-Périer.

CASIMIR-PÉRIER (Jean).

L. a. s. à un ami: Pont-sur-Seine (Aube). 20 juillet (vers 1861).

Recevez, Monsieur, l'assurance de ma considération distinguée.

Casimir-Périer.

FAURE (Félix).

L. a. s. à anonyme: Paris. 21 novembre 1889.

Merci d'avance et agréez, cher Monsieur, l'assurance de mes sentiments très distingués.

Félix Faure.

LOUBET (Emile).

L. a. s. à un ministre: Montélimar. 31 juillet 1889.

Veuillez agréer, Monsieur le Ministre, l'assurance de ma haute considération.

Emile Loubet.
Sénateur.

II

PERSONNAGES DIVERS

(par ordre alphabétique)

PERSONNAGES DIVERS

ABD-EL-KADER, célèbre défenseur de la nationalité arabe.

Lettre adressée au Prince Napoléon au commencement du mois de Joumad l'an 1275 (vers le 5 janvier 1859) : la traduction en français est jointe.

L'Emir adresse à S. A. I. ses vœux à l'occasion de la nouvelle année. Il souhaite que le Dieu très haut comble le Prince de biens en récompense des mesures sages et bienveillantes adoptées à l'égard de l'Algérie, et des dispositions favorables manifestées par S. A. I. envers les créatures de Dieu (les musulmans).

ABD-EL-KADER.

ARGENSON (MARC-PIERRE, comte d'), célèbre homme d'État.

L. a. s. au Mis de Billy : Versailles, 2 septembre 1753.

Je suis toujours avec le plus sincère et le plus parfait attachement, Monsieur, votre très humble et très obéissant serviteur.

D'ARGENSON.

ARNAL, artiste dramatique.

L. a. s. à M. le rédacteur du *Courrier français* : 25 juin 1830.

Me serait-il permis d'espérer l'insertion de la lettre ci-jointe dans votre journal? ce serait une grâce pour laquelle je vous prierai d'agréer tous les sentiments de reconnaissance de votre très humble serviteur.

ARNAL,
acteur du Vaudeville.

AUGEREAU, maréchal de France.

L. a. s. au citoyen Granvoinet; Perpignan, le 26 ventôse, an 6.

Adieu. Bien des choses à ta famille.

Ton Amy,
AUGEREAU.

BAILLY (SYLVAIN), maire de Paris.

L. s. au marquis de Lafayette: Hôtel de Ville, 7 août 1789.

J'ai l'honneur d'être avec un très sincère attachement, Monsieur le Marquis, votre très humble et très obéissant serviteur?

BAILLY.

BARNAVE, célèbre constituant.

L. s. à Tarbé, ministre des Contributions Publiques: Paris, 27 septembre 1791.

J'ai l'honneur d'être avec un sincère attachement
Monsieur
Votre très humble et obéissant Serviteur,
BARNAVE.

BARNAVE, célèbre constituant.

L. a. s. à M. Fallot; Grenoble, 23 mars 1792.

J'ay l'honneur d'être avec tous les sentiments que vous me connaissés
Monsieur
Votre très humble et très obéissant Serviteur,
BARNAVE.

BERCHÉNY (comte de), maréchal de France.

L. s. au comte d'Argenson ; Sainte-Menehould, 22 septembre 1756.

Je vous dirrai de vive voix que je vous suis tendrement le Sincèrement attaché Et qu'avec ces sentiments j'ay l'honneur d'être Monsieur Votre très humble et très obéissant Serviteur.

Le Cte DE BERCHÉNY.

BERNADOTTE, maréchal de France.

L. s. au général Beaufort ; Pontivy, le 2 prairial an 9.

Je vous salue fraternellement.

J. BERNADOTTE.

BERRYER (PIERRE-ANTOINE), illustre orateur et homme d'Etat.

L. a. s. au président de la Cour des Pairs ; Paris, 18 août 1846.

Je suis avec respect
Monsieur le chancelier
de votre grandeur
le très humble et obéissant serviteur

BERRYER.

BERRYER (PIERRE-ANTOINE).

L. a. s. au marquis de Villette ; Paris, 28 décembre 1857.

Recevez mes biens affectueux compliments. Je suis de tout cœur votre très obéissant serviteur.

BERRYER.

BERTHIER (ALEXANDRE), maréchal de France.

L. s. à M. Chauveau ; Versailles, ce mardy 29 décembre 1789.

J'ai l'honneur d'être avec le plus inviolable respect
Monsieur
Votre très humble et très obéissant Serviteur,

BERTHIER.

BERTHIER (ALEXANDRE), maréchal de France.

L. a. s. à sa belle-sœur, femme du général Léopold Berthier; Monbrun, le 1er janvier 1806.

Je vous souhaite bonne année et bonne année pour tout ce qui vous intéresse. Vous aurès vos étrennes quand je pourrai recevoir en retour un joli baiser.

Votre Beaufrère,

Le Mal BERTHIER.

BERTHIER (ALEXANDRE), maréchal de France.

L. a. s. à Bessières; quartier impérial d'Ostende, 12 mars 1807.

Je vous embrasse mon cher maréchal et je vous aime de tout mon cœur.

Le Mal BERTHIER.

BERTHIER (VICTOR-LÉOPOLD), général et frère du célèbre maréchal d'Empire.

L. a. s. au général de division Watrin: quartier général de Florence, le 11 ventôse an 9.

Adieu mon cher général, je suis enchanté que la circonstance nous mette à même de renouer connaissance.

Je souhaite et espère toujours mériter votre amitié.

Je vous salue cordialement.

L. BERTHIER.

BESSIERES (JEAN-BAPTISTE), maréchal de France.

L. s. à Masséna: Valladolid, 5 avril 1811.

Je vous renouvelle mon cher Prince, l'assurance de ma haute considération et de tout mon attachement.

Le Mal DUC D'ISTRIE.

BÉTOLAUD, célèbre avocat.

L. a. s. à un confrère (Lefebvre) ; 13 janvier 1870.

Agréez mes sentiments confraternels.

A. Bétolaud.

BEURNONVILLE (marquis de), maréchal de France.

L. a. s. à Mme de Lavallette ; Berlin, le 23 ventôse an 9.

Adieu excellente Emilie, votre bon mari et vous serés toujours cher au bon patriarche qui vous embrasse bien cordialement tous les deux.

Beurnonville.

BEURNONVILLE, le célèbre général.

L. a. s. à M. Perregaux : Arranjuez, le 13 prairial an 11.

Je vous embrasse Mon Cher Perregaux de tout mon cœur.
Votre cordialement,

Le Gal Beurnonville.

BROHAN (Augustine), célèbre comédienne.

L. a. s. ; Ville d'Avray, 15 juillet...

Mille chaudes amitiés le temps aidant.

Augustine Brohan.

BROHAN (Madeleine), célèbre sociétaire de la Comédie-Française.

L. a. s. ; vendredi.... à M. Blanche, secrétaire général de la Préfecture de la Seine, sous l'Empire.

Merci encore et croyez-moi votre toute dévouée.

M. Brohan.

BUFFON, illustre naturaliste.

L. s. à Voltaire ; Paris, 3 février 1767.

Je ne vous ai quitté qu'en vous admirant beaucoup et vous aimant encore plus, et ce sera toujours avec un tendre et véritable Respect que je suis et serai, Monsieur, Votre très humble et très obéissant serviteur.

BUFFON.

BUGEAUD (duc d'Isly), maréchal de France.

« Que l'on me permette ici non plus de faire une extraction mais de reproduire dans son intégralité la pièce ci-jointe. Elle est brève, énergique. »

L. a. s. à M. Sol ; Cherchell, le 29 ..... 1844.

Abd-el-Kader s'en va dans l'ouest par peur de nous et de Changarnier. Nous sommes prêts et demain nous marcherons dans l'ouest sur les révoltés.

Je vous prie de distribuer ce paquet de lettres.

Mille choses aimables,

B.

CALONNE (De), fameux contrôleur général des finances sous Louis XVI.

L. a. s. à M. le chancelier.....

Permettés-moi, Monseigneur d'agréer les bontés dont vous m'avés toujours honoré et de chercher en toute occasion à vous convaincre du très profond Respect avec lequel je suis

Monseigneur

Votre très humble et très obéissant Serviteur,

DE CALONNE.

A Fontainebleau, le 15 novembre 1765.

CANROBERT, maréchal de France.

L. a. s. au général Mellinet ; lundi soir.....

Mille amitiés et vœux pour votre prompte délivrance de la méchante migraine.

Tout à vous,

M^al^ Canrobert.

Respectueux hommage à Madame Mellinet.

CARNOBERT, maréchal de France.

L. a. s. à un général : camp sous Sébastopol, 10 octobre 1854.

Je vous serre bien cordialement la main.

Gal Canrobert.

CARNOT (Hippolyte), célèbre homme d'Etat.

L. a. s. à Jules Simon ; Saffelaere, 16 février (1852).

Adieu mon cher ami, veuillez me rappeler au bon souvenir de Madame Simon et embrasser de ma part vos deux soldats ; j'espère cependant les revoir avant qu'ils n'ayent laissé pousser leur moustache.

Tout à vous,

H. C.

CARTEAUX, célèbre général de la République.

L. a. s..... Carteaux, général sans-culotte, au général Dommartin : Paris, 10 brumaire an IIIe.

Sois sûr que l'amitié te dédommageras de toutes les fatigues que t'occasionneras ton déplacement, tu trouveras toujours en moi un ami et un bon camarade.

Mon adresse est Rue Hyacinthe nº 57. Entre la Rüe La Sourdière et les Jacobins de Paris.

CATINAT (Nicolas de), maréchal de France.

L. s. à M. Darques; camp de Pinache, 21 septembre 1695.

Je suis tousiours plus que je ne puis vous dire, Monsieur, de tout mon cœur, tout à vous.

Le M^al de Catinat.

CATINAT (maréchal de France.

L. s. à M. Ducambout-Moustiers: le 16 janvier 1697.

Je vous assure que c'est de bonne foy et de bon cœur que i'aurois souheté que vous vous fussiez raproché de ce pais icy, et que nous eussions eré ensemble la campagne qui tient, et cela par les bons services que l'on tire de vous, outre la satisfaction que j'aurois eu destre avec un homme que j'honnore, que j'estime, et si j'ose le dire que j'ayme autant que vous.

Le M^al de Catinat.

CHAMILLART (Michel de), ministre de Louis XIV.

L. s. à la célèbre Mlle de Scudéry: à Versailles, le 14 janvier 1701.

Continuez moi s'il vous plait toujours quelque part en vostre souvenir, et soyez fortement persuadée que je ne négligeray jamais aucune des occasions qui se présenteront de vous faire plaisir.

CHAMILLART

CHARETTE (baron de), commandant les Volontaires de l'Ouest pendant la guerre de 1870-71.

L. a. s. ; La Contrie, ce 3...

J'ai foi au Sacré Cœur, j'ai foi complète en toi — et je suis tranquille — sur ce merci de tout cœur et ton bien dévoué.

CHARETTE.

CHARETTE (baron de), colonel des zouaves pontificaux.

Billet aut. sig. : Paris, ce 23 mars 1880.

Vive le Pape
Vive le Roy

B^on^ DE CHARETTE.

CHARLET, célèbre peintre militaire.

(Dédicace au bas de son portrait, offert par lui à Bellangé).

A l'ami Bellangé!
L'animal, par l'animal,
à l'animal.

CHARLET.

CHARLET, célèbre peintre militaire.

L. a. s. (sans date ni nom de lieu), à M. Savary, rue d'Enfer, n° 25.

Enfin, courageux pilote! vous aurez fait tout ce qu'il est humainement possible de faire pour mener la barque à bon port, et moi pauvre passager maintenant et à l'heure de notre mort, serai toujours profondément reconnaissant de votre chaleureuse sollicitude.

Tout à vous de cœur,

CHARLET.

CONDÉ (LOUIS II DE BOURBON, prince de), dit le Grand.

L. s. à M. Linet, à Versailles, le 24 octobre 1664.

Je vous prie de me croire tousiours autant de vos amis que vous sçavés que j'en suis.

LOUIS DE BOURBON.

CONDÉ (LOUIS-JOSEPH DE BOURBON), célèbre général en chef de l'armée des émigrés, né en 1736, mort en 1818.

L. a. s. au Maréchal de Castries, à Ettlinger, ce 4 novembre 1794.

Il ne me reste qu'à vous prier, Monsieur, de ne pas douter de ma véritable estime, et de toute ma reconnaissance.

LOUIS-JOSEPH DE BOURBON.

Je vous prie *de ne rien dire* de ce que je vous mande.

ÇONSTANT (BENJAMIN), célèbre publiciste.

L. a. s. à M. Alphée de Vatry : Paris, 5 juillet 1828.

Ma femme me charge de la rappeler au souvenir de Mme de Vatry et j'y joins mes respectueux hommages, ainsi que pour vous Monsieur l'assurance de mon sincère attachement et de ma haute considération.

B. CONSTANT.

COUTHON, célèbre conventionnel.

L. a. s. à Gaultier de Biauzat, avocat au Parlement, député aux Etats-Généraux, à Versailles, ce 4 juillet 1789.

Bonjour, mon cher ami, ménagés votre santé. Je vous embrasse bien cordialement et vous prie de me croire pour la vie tout, et tout à vous.

COUTHON.

CUVIER (GEORGES), l'illustre savant.

L. a. s. à un collègue; Jardin des plantes de Paris, le 5 vendémiaire an VI.

Je suis avec toute l'estime que méritent votre zèle, vos travaux et vos connaissances.

Votre dévoué concitoyen,

G. CUVIER.

DABLIN (THÉODORE), collectionneur qui a légué au Musée du Louvre la plus grande partie de ses collections.

L. a. s. à une parente; (Contrexéville); 20 juillet 1860, commençant en ces termes :

Cousinette à moi

et se terminant ainsi :

Si vous voyez les jeunes Marin, faites leur l'accolade pour moi — autant à vieille moustache et à vous mes bénédictions paternelles.

Cousin et ami,

T. DABLIN.

DARBOY, archevêque de Paris.

L. a. s. au maréchal de Mac-Mahon, à Versailles; de la prison de Mazas, 20 avril 1871.

Pardonnez-moi mon insistance à cause des motifs que je

vous expose, et veuillez, Monsieur le Maréchal, agréer l'hommage de mes sentiments respectueux.

† G. DARBOY.
Archev. de Paris.

DAUMIER (HONORÉ), le célèbre caricaturiste.

L. a. s. à Bocage, 4 avril 1850.

A vous tout,

H. DAUMIER.

DAVID, le célèbre peintre.

L. a. s. au citoyen commissaire de la section des Gardes françaises, 3 fructidor (an .....).

Je voudrais bien, citoyen commissaire, que vous puissiez trouver un moyen de mettre une bonne fois ces jeunes étourdis à la raison. Trouvés je vous le répète le moyen de leur inspirer une sorte de terreur *soit en les faisant tous venir à votre bureau soit enfin par la voie que vous jugerez le plus convenable et soyés bien persuadé que je vous aiderai de tout mon pouvoir.*

Salut et estime,

DAVID.
de l'Institut national.

DEBELLE, général, beau-frère de Hoche.

L. a. s. à Mme Victorine de Chastenay (dont Debelle était amoureux sans l'avoir jamais vue): le 24 août 1799.

Adieu : la vie est ternie de tant de peines que jamais je n'éloigne les sentiments qui égayent ma pensée et flattent mon cœur.

DEBELLE.

DÉJAZET (Virginie), la célèbre actrice.

L. a. s. à un ami (sans lieu ni date).

Ne m'en veuillez donc pas cher ami et plaignez moi au contraire. Je ne puis assez vous dire combien mon pauvre cœur souffre et souffrira tant demain.

Samedi soir.

Déjazet.

DELAVIGNE (Casimir).

L. a. s. à M. Lebrun, directeur de l'imprimerie royale; Paris, ce 23 avril 1834.

Comptez en tout temps sur le zèle et la bien tendre amitié des deux frères.

Casimir Delavigne.

DELPIT (Albert), homme de lettres.

L. a. s. à un ami (sans lieu ni date).

Vous trouverez dans le train M. Etienne Lamy, et à la maison Sardou venant de Marly.

Les deux mains,

Albert Delpit.

DESMOUSTIER, auteur des « Lettres à Emilie ».

L. a. s. au citoyen Chaussart; 2 floréal an 2e.

Ton ami convalescent,

Desmoustier.

Je t'invite à venir bientôt siffler Décius *à l'Opéra. Le poëme n'est pas bon; mais la musique a du mérite.*

DÉROULÈDE (Paul), le célèbre patriote.

France, veux-tu mon sang? Il est à toi, ma France!
« S'il te faut ma souffrance,
« Souffrir sera ma loi.
« S'il te faut mort : Mort à moi!
« Et vive toi!
« Ma France!

Paul Déroulède.

DÉROULÈDE (Paul), le célèbre patriote.

L. a. s. à son ami Anatole de La Forge; Croissy-sur-Seine, 13 avril 1885.

Je vous embrasse à la française, *c'est ma mode, la vôtre n'est-ce pas.*

Paul Déroulède.

DÉSAUGIERS, célèbre chansonnier.

L. a. s, à Mme de la Jarriette (S. l. n. d.).

Nous vous prions Madame de la Jarriette d'agréer nos hommages et nos remerciements, en attendant l'heure où nous pourrons vous les présenter vous-même.

Désaugiers.

Nous embrassons Estelle sur vingt joues si elle les avait.

DROUOT, brave général surnommé le Sage de la Grande-Armée.

L. a. s. à Mme Saint-Firmin; Nancy, 25 décembre 1831.

Je vous prie de faire mes amitiés à M. St-Firmin et de recevoir tous deux mes vœux pour que vous passiez heureusement l'année qui va commencer, ainsi que l'assurance de mon attachement dévoué.

Drouot.
Gnl en retraite.

J'ai vu quelques instants le docteur Boileau, mais je paye toujours cher les moindres visites.

DUBOIS (le Cardinal), ministre du Régent.

L. s. (à un ministre); Versailles, 9 janvier 1723.

Je vous prie, Monsieur, d'ètre persuadé de mon estime.

Le Cardinal Dubois.

DUBOIS (le Cardinal), premier ministre du Régent.

L. s. à M. le Controlleur Général; à Versailles, le 16 septembre 1722.

Je me flatte que vous voudrés bien me faire ce plaisir, et d'estre persuadé, Monsieur, que je vous honore parfaitement.

Le Cardinal Dubois.

DUMAS (Mathieu), général.

L. a. s. au colonel Hervau; Dunkerque, le 20 thermidor an 12.

Je compte précéder de quelques heures l'arrivée de Sa Majesté et je vous enverrai une ordonnance auparavant; nous présumons, qu'elle ne partira qu'après demain.

Je vous salue et vous embrasse.

Mathieu Dumas.

A 10 heures 1/2.

Je viens de dinner chez Sa Majesté et je voudrais bien pouvoir vous transmettre fidellement tout ce qu'Elle a dit de sage, de grand, d'admirable sur les circonstances présentes : il est vraisemblable que l'Empereur partira après-demain 22, et que j'arriverai à Ostende dans la nuit du 21 au 22. M. le maréchal vient de me remettre la lettre ci-jointe pour le Général Monnet qui doit lui être transmise en toute Diligence par ordonnance.

Bon soir, mon cher Colonel,

Mathieu Dumas.

EON (La Chevalière d'), personnage fameux par le mystère qui a plané sur l'incertitude de son sexe.

L. a. s. à M. Falconnet; du petit Montreuil, ce 2 février à 6 heures du soir.

J'Embrasse Madame et vous mon très cher ami de tout mon cœur.

EON (La Chevalière d').

L. a. s. à M. Delajoue; à Tonnerre, le 25 janvier 1780.

C'est l'avis de

Votre très humble et très obéissante Servante,

La Chevalière d'Eon.

ESTE (Marie-Béatrix-Éléonore d'), reine d'Angleterre, femme de Jacques II.

L. s. à l'archevêque de Rouen.

Je suis avec toutte sorte d'estime et de considération, Mon Cousin,

Votre affectionnée Cousine,

Marie.

A St-Germain-en-Laye, ce 5e février 1717.

FAIN (baron), secrétaire intime de Napoléon Ier.

L. a. s. à M. de Reuilly ; Strasbourg, le 20 vendémiaire an 14.

Conservez-nous quelque part dans notre souvenir d'amitié, et comptez sur la sincérité des sentiments dont je vous renouvelle ici l'expression.

FAIN.

FAVRE (JULES), célèbre homme politique.

L. a. s. à un client ; Paris, ce 23 juillet 1843.

Je souhaite que vous soyiez en bonne santé et que votre courage soit au niveau de votre malheur ; croyez que j'y prends une vive part.

JULES FAVRE.

FEUILLET DE CONCHES (FÉLIX), diplomate, écrivain et érudit.

L. a. s. à Champfleury (S. l. n. d.).

Cette missive commence en ces termes :

On m'a dit, mon cher chat, que.....

Et se termine ainsi :

Mille amitiés.

FEUILLET DE CONCHES.

FEUILLET DE CONCHES, célèbre érudit.

L. a. s. à Champfleury ; le 4 mai 1870.

Vive la pluie d'or ! que la bonne et charmante Marie tende son tablier.

Bien à vous,
Un vieux chat,
FEUILLET DE CONCHES.

FLOURENS (Gustave).

L. a. s. à un ami ; Athènes, 24 juin 1868.

Je l'aime et la respecte comme une autre mère, et l'aime comme le meilleur des frères.

Tout à toi,

Gustave Flourens.

GALLIFFET (le général).

L. a. s. à un journaliste ; Paris, 3 mars 1895.

Mon opinion est, comme moi, à la retraite et ne fonctionne plus.

Croyez à mes sentiments distingués.

Gal Galliffet.

GARIN (général).

L. a. s. au citoyen Garin père ; au quartier général de Lyon, le 16 germinal an 16.

On parle ici de paix. L'opinion assez générale est qu'on ne fera pas la campagne, cependant l'on se prépare à la guerre d'une manière terrible, il y a ici dix à douze fours qui auront continuellement des biscuits, qu'on dirige sur Bourg et Genève ; il paraît que Bonaparte ne veut pas s'embarquer sans cette denrée.

J'ai l'honneur de vous offrir mes affectionné respect.

Garin.

HAÜY (Valentin), fondateur de l'Institution des Jeunes Aveugles.

L. a. s. à la citoyenne Victorine Chatenay ; (septembre 1794).

Voulez-vous bien vous charger de dire de ma part au citoyen et à la citoyenne Chatenay les choses les plus obligeantes et agréer pour vous-même l'assurance de sentiments que la

Révolution qui a vu tant de biens et tant de maux, n a pu changer.

Salut et respectueux fraternité.

HAÜY.

Instituteur des Aveugles

HÉBERT, dit le Père Duchêne.

Nous ne pouvons résister au plaisir que nous éprouvons nous-même de reproduire dans son intégralité cette épître tellement elle est bougrement patriotique et énergique, foutre!

P. D.

L. a. s. au patriote Palloy sur les débris des cachots de la Bastille (S. l. n. d.).

Patriote,

Je ne reçus de ma vie cadeau plus flatteur que celui que tu viens de m'envoyer. Elle sera placée au beau milieu de ma boutique la pierre sacrée des droits de l'homme, je la contemplerai toutes les fois que j'aurai occasion de parler des rois : elle me rappellera leurs forfaits, ma bile s'échaufera, juge ensuite de la grande colère pour te prouver ma reconnaissance le père duchêne et sa jaqueline iront manger la soupe, mais à charge de revanche.

Ton citoyen,

HÉBERT,

Substitut du pr^r de la
Commune et le véritable
marchand de fourneaux
foutre.

En échange de ton solide présent je t'enverrai mes joies et mes colères, ce n'est pas grand chose mais si ce n'est que du vin de Suresnes il est naturel, foutre.

La pièce est reproduite en fac-similé dans le catalogue d'autographes.

HESSE (Prince Charles de), général.

L. a. s. au citoyen président de la Convention Nationale à la Convention : Paris, ce 5 frimaire (an 3).

Citoyen Président, je réclame mes droits de citoyen, ma propriété et justice.

Salut, respect, fraternité.

HUGO (Victor).

L. a. s. à un anonyme : 30 janvier 1851.

Je jette ces idées à la hâte, et je les livre à votre excellent esprit, en vous priant d'agréer ma plus vive cordialité.

Victor Hugo.

JUNOT, célèbre général de l'Empire.

Jolie et curieuse pièce dédiée à Hortense Beauharnais, en lui envoyant un jeu d'échecs.

Dans ce beau jeu je vois l'emblême
De l'amour que vous inspirez :
Seront les fous qui diront j'aime
Sera Roi, qui, vous aimerez.

Junot.

KELLERMANN, illustre général, maréchal de l'Empire.

L. a. s. à M. Duchêne : Mayence, le 17 août 1812.

Recevez mon cher Duchène l'assurance de toute mon amitié et mon attachement à votre personne, je vous embrasse.

Le M[al] DUC DE VALMY.

KLÉBER, illustre général de la République.

L. a. s. à Marceau ; quartier général d'Oberingelheim, le 23 pluviôse an IIIe.

Adieu, mon cher Marceau. Adresse moi tes lettres à Strasbourg, tout le monde scait ma demeure. On a l'air de se plaindre de ton silence au Ministère. Je t'embrasse de toute mon âme.

KLÉBER.

Merlin retourne à Paris. Le Représentant Cavagnac le remplace.

KLÉBER (le général).

L. s. au général Dugua : Damiette, le 28 thermidor an 7.

Salut et amitié.

KLÉBER.

Amitié à Dumas s'il vous plait il a la maladie du N[e] 17. Elle est incurable. Je suis assez heureux de n'avoir pas de N[o].

Il s'agit de la gale, alors très fréquente dans l'armée.

P. D.

LABICHE (Eugène), vaudevilliste et académicien.

L. a. s. à un ami : Paris, 26 avril 1870.

En faisant mon entrée entre vous deux, je serai le plus heureux des trois.

EUGÈNE LABICHE.

Il invite son ami à venir dans sa loge assister à la première représentation au théâtre du Palais-Royal de sa pièce : *Le plus heureux des trois.* P. D.

LACÉPÈDE (le comte de).

L. a. s. à un des frères de Napoléon Ier ; le samedi 4 messidor an 12.

J'ai l'honneur de la remercier avec une reconnaissance bien vive des occasions qu'elle veut bien me procurer, de lui prouver mon dévouement, et de la prier d'agréer l'hommage de mon respect, et de l'attachement le plus vrai pour sa personne.

LA CÉPÈDE.

LAFAYETTE (le général), célèbre homme politique.

L. a. s. à Dupont de l'Eure : 28 août (1833).

Adieu mon cher et excellent ami, je suis heureux de causer avec vous : toute la famille de la grange vous dit mille amitiés et je vous embrasse de tout mon cœur.

LAFAYETTE.

LALOY (PIERRE-ANTOINE), conventionnel.

L. a. s. à M. de Verdun, huissier à Chaumont, Haute-Marne ; 23 novembre 1811.

Bonsoir, mon ami. Embrasse ta femme et tes Parents pour nous. Et crois moy tout à toi.

P. A. LALOY.

LAMOIGNON (Guillaume de), chancelier de France.

L. a. s. à M. Hénaut : Malesherbes, le 22 décembre 1765.

La Reyne m'a comblé de tant de bontés depuis mon absence que j'espère qu'elle ne désaprouvera pas que je luy témoigne dans cette occasion les sentiments de mon cœur et je ne puis les confier à personne sur l'amitié duquel je doive plus compter que sur la vostre. Je vous en demande, Monsieur la continuation et vous prie d'estre bien persuadé de mon fidel attachement.

De Lamoignon.

LAMORICIÈRE, célèbre général.

L. a. s. à M. de Bussy, conseiller d'Etat : Oran, le 6 mars 1840.

Adieu le tems me manque. Mille amitiés.

Gal de la Moricière.

LASALLE (Mlle d'Aiguillon, comtesse de), épouse en premières noces du général Léopold Berthier, puis du fameux général de cavalerie Lasalle.

Let. aut. au général Léopold Berthier, son premier mari : le 13 nivôse à minuit. Belle et curieuse lettre d'amour.

Adieu mon tendre ami, que j'aime de toute mon âme. Je te rends les mille baisers que tu me donne et j'espère bientôt t'en donner un bien tendre sur ta jolie bouche.

Ton Amie.

LA TOUR-MAUBOURG (comte de), général, beau-père de Lafayette.

L. a. s. à M. d'Authier St-Sauveur, sous-préfet d'Issingeaux, Haute-Loire, le 29 mars 1806.

Mme de Maubourg et Eleonore me chargent de les rappeler

à votre souvenir et je vous prie de ne pas douter de mon inviolable attachement.

La Tour-Maubourg.

LATUDE (Henri Masers de), célèbre par son évasion de la Bastille.

Nous ne pouvons encore résister au plaisir que nous éprouvons de reproduire cette lettre intégralement. P. D.

L. a. s. au citoyen général Bonaparte, Premier Consul; Paris, ce 14 vendémiaire an 9.

Citoyen Consul,

Votre auguste personne et moy, nous sommes les deux Extrêmes de la fortune, vous pour le bonheur et moy pour le malheur.

Que s'il est vrai que l'Etre suprême à mis le d'Estin de la france entre vos mains, Votre Sagesse daignera m'accorder un instant d'audience. je vous le demande pour une affaire d'Etat, que si je vous donne une peine injuste à m'Ecouter, punissez mon audace, et à ce dernier mot, je vous Répêterai les paroles de Thémistocle à Uribiade.

frape, mais Ecoute.

Latude ancien ingenieur a l'hotel de Salm
Rue Belle-chasse n° 567. à paris ce 14 vendémiaire
an 9 &c

LAUSSEDAT (Aimé), directeur du Conservatoire des Arts et Métiers.

L. a. s. à M. Achille Vogue : Paris, le 8 avril 1875.

Je n'ai pas voulu cependant avoir la mauvaise grâce de vous refuser ce que vous me demandiez et je vous envoie dans ces quelques lignes l'assurance de ma considération la plus distinguée.

LAUSSEDAT AIMÉ.

LAVOISIER, le célèbre chimiste.

L. a. s. au citoyen Delambre, commissaire de l'Académie des sciences : Paris, ce 23 juillet 1793 l'an 2 de la République française.

Je vous renouvelle, mon cher confrère, l'assurance de mon très parfait attachement.

LAVOISIER.

LE BRUN (Mme Vigée), célèbre peintre de portraits.

L. a. s. à Mme Aimé Martin.

Agréez l'assurance des bons sentiments que vous inspirez si bien et dont je suis pénétrée.

LE BRUN.

LE CLERC, général, beau-frère de Bonaparte.

L. s. au général Lecourbe : au quartier général de Colmar, le 28 pluviôse an 8.

Je suis flatté, citoyen général, d'être employé sous les ordres d'un général dont la réputation militaire est aussi bien établie que la vôtre.

Salut et respect.

LECLERC.

LEFEBVRE, duc de Dantzig, maréchal d'Empire.

L. a. s. à Kleber, 26 prairial an 4.

Adieu, mon cher camarade, je vous embrasse et je vous aime plus que jamais.

LEFEBVRE.

LEFEBVRE, duchesse de Dantzig, épouse du maréchal Lefebvre, l'héroïne de *Madame Sans Gêne*.

L. a. s. (à Clarke ?) : Paris. 31 octobre 1816.

Permettez que Madame la duchesse y trouve mes sentiments d'atachement, j'ai l'honneur d'être de votre

Excellence

la très obéissante servante

DUCHESSE DE DANTZICKE.

LEMAITRE (FRÉDERICK), le grand comédien.

L. a. s. à M. Lefevbre, régisseur général : Lyon, 3 juillet.

Je vous prie de m'excuser de vous charger de prendre cette peine, mais le temps me manque, et je ne voudrais pas passer pour banqueroutier. — Mille remercimens mes souvenirs à Madame

FRÉDÉRICK.

LÉOPOLD II, roi des Belges.

L. a. s. à un général ; château de Laeken, 7 janvier 1869.

Recevez ici tous mes souhaits pour 1869, et croyez, mon cher Comte, au bon souvenir que vous garde

Votre affectionné

LÉOPOLD.

MAINTENON, (Marquise de).

L. s. écrite de la main de Mlle d'Aumale à l'archevêque de Rouen (Claude-Maur d'Aubigné) : Saint-Cyr, 17 février 1716.

Tout ce qui revient de Paris accable, je suis bien contente de Mr votre neveu, mes complimens je vous suplie à monsieur son père

MAINTENON.

MARCEAU, général de la République.

L. s. à Kléber : Coblenz, 7 pluviôse an 3.

Je t'embrasse et t'aime de tout mon cœur.

MARCEAU.

MARIE-THÉRÈSE (dite la Grande), Impératrice d'Allemagne.

L. s. à la comtesse de Caravaggio ; Lachsenbourg, 21 juin 1779.

Je m'intéresse pour L'une et L'autre, mais particulièrement pour votre satisfaction que par une suite des sentimens que vous me connoissés pour vous je souhaite être constante et parfaite.

MARIE-THÉRÈSE.

MARION DE GRAND MAISON (LOUIS-CHARLES), archéologue, avoué à la Cour royale de Paris sous Louis XVIII et Charles X.

Minute de lettre autog. au républicain Marion (son père), à Requevilly, près Meulan (Seine-et-Oise); Paris, 19 frimaire an 3.

Je vous prie d'agréer l'assurance de mon respect et d'assurer mes frères et sœurs de mon amitié. Je souhaitte que celle-ci trouve Adelle guerrie de sa petite vérole. Je dis bien des choses à ma bonne. Amitiés aux charmantissimes et et révérendissimes veuves et épouses Egasse et Dablin.

L. MARION.

MARMONT, DUC DE RAGUSE, Maréchal de France.

L. a. s. à Bourienne : Gérissia, 2 germinal.

Adieu, mon cher ami, comptez pour quelque chose l'empressement de quelqu'un qui vous est bien attaché.

MARMONT.

MAUREPAS (Comte de). Ministre de Louis XV.

L. s. à un cardinal ; à Versailles, le 29 février 1740.

Je n'ay rien de plus à cœur que de vous prouver la sincérité des sentimens avec lesquels j'ay l'honneur d'être,

Monseigneur,

De votre Eminence,

Le très humble et très obéissant serviteur.

MAUREPAS.

MENOU (J.-F. baron). général.

L. a. s. à un ami : Marseille, 8 ventôse an 10.

Adieu, mon cher Novel, voilà bien de la philosophie. Encore un mot, pour vous dire, que je vous suis inviolablement attaché.

ABD... MENOU.

MONCEY. Maréchal de France.

L. s. au général Ambert : 16 thermidor an 9.

Agréez, mon cher camarade, avec mes regrets les plus amers de notre séparation l'assurance de mon inviolable attachement.

MONCEY.

MONNIER (SOPHIE). la célèbre maîtresse de Mirabeau.

L. a. s. à Mirabeau (s. l. ni date).

Adieu cher cœur, cocote apelle l'ami le reçoit et baise les voisines.

Adieu, cher amour que j'adore.

SOPHIE GABRIELLE.

MONTORGUEIL (Georges), publiciste, homme de lettres.

L. a. s. à. M. D...: Paris, 7 janvier 1903.

Un mot: je cours chez vous et je prends quelques notes et je publie un petit article qui serait amusant je crois et porterait une fois de plus le nom de D. sur les ailes de la renommée.

Votre bien dévoué confrère.

Georges Montorgueil.

MOREAU (Victor), illustre général de la République.

L. a. s. au premier consul: Strasbourg, 22 ventôse an VIII.

Recevez l'assurance de mon attachement.

Moreau.

PHELIPEAUX, Conseiller d'Etat et secrétaire des commandemants du Roy.

L. s. au Marquis de Rambouillet, ambassadeur extraordinaire en Espagne: Saint-Germain-en-Laye, 8 septembre 1627.

Je vous baise très humblement les mains et suys,

Monsieur,

Votre très humble et affectionné serviteur,

Phelipeaux.

PIGAULT-LEBRUN, célèbre romancier.

L. a. sig. par paraphe à M. Victor Augier, avocat à Valence: Paris, 9 avril 1822.

Adieu, mes chers enfants, mes bons amis, je vous baise et rebaise.

PIRON, célébre poète et auteur dramatique.

L. a. non signé à Mademoiselle de Bar, ce mardy matin.

Adieu, bonjour et bon vèpre. Dieu vous garde de notre amie mignonne.

PLESSY (Sophie). sociétaire de la Comédie-française.

L. a. s. à Scribe (sans lieu ni date).

Cette fois, répondez, ou je ne vous aime plus !

S. Plessy.

POMPADOUR (mort de Madame de).

Segur de Cabanac (L. a. s. par). — Lettre de condoléance adressée à M. le Marquis de Marigny, frère de Mme la Marquise de Pompadour à l'occasion de la mort de cette dernière.

Cette lettre est annotée d'un R (répondu) de la main du marquis, à Bourdeaux, ce 24e avril 1764.

« Je partage votre juste douleur ; je me flatte que vous voudrés bien en être aussi persuadé que de la sincérité de tous les sentîments avec lesquels j'ai l'honneur d'être, Monsieur, votre très humble et très obéissant serviteur. »

Ségur de Cabanac.

Si Mme de Pompadour avait soulevé contre elle la tempête pour ses faits politiques et ses grandes dépenses, cette lettre prouve qu'elle avait des qualités qui l'avaient fait estimer.

POMPONNE (Simon-Arnauld, marquis de), homme d'État.

L. s. au duc de Chaulnes : au camp de Besançon, 24 mai 1674.

Je n'adjousteray rien à ce que sa Majesté vous prescrit sur ce sujet, et me contreray seulement de proffiter de cette occa-

sion pour vous asseurer que je suis véritablement entièrement à vous,

ARNAULD DE POMPONNE.

POYET (BERNARD), célèbre architecte.

L. a. s. à l'architecte Belanger : ce 1er may 1812.

Tu sais d'ailleurs, mon camarade, que je suis ton tout dévoué.

POYET.

RACHEL, la grande tragédienne.

L. a. s. à Alexandre Dumas : 27 mars 1851.

Croyez à mon dévouement.

RACHEL.

RAMEAU (JEAN), poète.

L. a. s. à un de ses confrères (sans lieu ni date).

Je suis très heureux et vous envoie ma bien cordiale poignée de mains.

JEAN RAMEAU.

RAPP (JEAN, comte), célèbre général.

L. a. s. à M. Yvan, officier de santé de Sa Majesté ; Thorn, 30 mars 1807.

Adieu, mon cher Yvan, croyés à tout mon attachement.

Je vous embrasse.

RAPP.

RICHELIEU (Armand-Jean du Plessis, cardinal de).

L. a. s. à Louis XIII : 13 février 1628.

Ceste lettre nestant à autre fin sans la tenir plus longue que pour vous suplier de croire que je suis

Sire

Le très humble très obéissant très fidelle et très obligé sujet et serviteur,

Card. de Richelieu.

ROCHAMBEAU (Donatien), fils du célèbre maréchal.

L. a. s. à son père : Bordeaux, le 11 prairial.

Je vous embrasse et vous aime de tout mon cœur.

Dn Rochambeau.

ROUSSEAU (Jean-Jacques), l'illustre philosophe.

L. a. s. au libraire Duchesne : Motiers, le 28 avril 1765.

Je vous embrasse, Monsieur, de tout mon cœur.

J.-J. Rousseau.

SARDOU (Victorien).

L. a. s. à Louis Ulbach : le 23 décembre 1886.

Et sur cet espoir, je vous serre la main, je ne regrette pas un incident qui m'aura donné l'occasion de lire votre charmant récit.

Vict. Sardou.

DE SARTINE (GABRIEL DE), lieutenant général de police.

L. s. à M. de Trudaine; Paris, 23 avril 1768.

Recevez je vous prie à cette occasion les nouvelles assurances du sincère et respectueux attachement avec lequel j'ai l'honneur d'être, Monsieur, votre très humble et très obéissant serviteur.

DE SARTINE.

SAXE (MAURICE DE), maréchal du France.

L. s. à M. d'Argenson; Bruxelles, 30 octobre 1746.

J'ay l'honneur d'être avec un parfait et sincère attachement, Monsieur, votre très humble et très obéissant serviteur.

M. DE SAXE.

SÉVERINE, femme de lettres, publiciste.

L. a. s. à un directeur de journal; 17 février 1891.

Recevez ces quelques lignes comme témoignagne de bonne volonté, et, avec elles, l'assurance de toute ma sympathie.

SÉVERINE.

SIMON (JULES), philosophe et homme d'Etat.

L. a. s. à un groupe de ses anciens électeurs; Versailles, 24 juillet 1879.

Agréez, Messieurs et chers concitoyens, l'assurance de mes sentiments fraternels.

JULES SIMON.

SOMBREUIL (marquis de), gouverneur des Invalides.

L. s. à M. Dechataux; aux Invalides, 24 décembre 1790.

J'ai l'honneur d'être plus parfaitement que personne, Monsieur, votre très humble et très obéissant serviteur.

SOMBREUIL.

SOUBISE (Charles de Rohan, prince de), maréchal de France.

L. s. à anonyme : à Hanau, le 13 juin 1758.

Faites moy la grâce de ne jamais douter, Monsieur, des sentimenis distingués avec lesquels je suis plus fidèlement que personne votre très humble et très obéissant serviteur.

Charles Rohan de Soubise.

STAEL (baronne de), célèbre femme de lettres.

L. a. s. à Lamarque : 3 germinal an 8 ou 9.

Agréez au moins mes sincères vœux pour vous, et si vous écrivez quelquefois à Paris souvenez-vous que je m'intéresse et m'intéresserai toujours à ce qui vous concerne.

De Stael.

SULLY-PRUDHOMME poète, membre de l'Académie française.

L. a. s. à un ami : Cannes, 23 décembre 1878.

Veuillez, mon cher ami, présenter mes respects bien affectueux à Madame la Marquise, et agréer pour vous même l'expression de mes sentiments de sincère attachement.

Sully-Prudhomme.

TALBOT (Denis-Stanislas-Montalant, dit), sociétaire de la Comédie-française.

L. a. s. à Vitu : Théâtre Montparnasse, jeudi soir, 12 juillet.

Croyez bien, cher Monsieur, à ma profonde reconnaissance, vous pouvez me rendre la vie. Je vis bien retiré, moi, qui adore mon art, vous le savez.

Je m'arrête, car dans mon effusion, que vous excusez, je

m'efforce de vous exprimer mes sentimens, que vous avez compris, je n'en doute pas.

Veuillez agréer l'assurance de mes sentimens de haute distinction et merci de tout mon cœur.

TALBOT.

44, rue des martyrs.

TALLIEN (THÉRÉSIA DE CABARRUS, Mme), princesse de Chimay, femme célèbre par le rôle qu'elle joua pendant la Révolution.

L. a. s. au duc de la Alcudia, prince de la Paix ; Paris, 28 Vendémiaire an IV.

Agréez, Monsieur le Duc, l'assurance franche et sincère de ma respectueuse reconnaissance et de mon éternel attachement.

Salut et estime parfaite.

THERÉSIA CABARRUS
TALLIEN.

TALMA (FRANÇOIS), le célèbre tragédien.

L. a. s. à Amauri Duval : ce 12 mars 1811.

à toi

TALMA.

rue de Seine n° 6
faub. St-Germain.

TALON (ANTOINE-OMER), lieutenant civil au Châtelet de Paris.

L. a. s. à Lafabrie ; Paris, ce mercredi XX octobre 1806.

Tout à vous à jamais.

TALON.

THÉRÉSA, célèbre chanteuse de café concert.

L. a. s. à Vitu : Asnières, 29....

Ne m'en veuillez pas je vous prie, et croyez moi votre toute dévouée.

THÉRÉSA.

THÉROIGNE DE MÉRICOURT, célèbre démagogue.

L. a. s. au banquier Perregaux : Liège, 6 novembre 1790.

Je suis avec estime et la plus grande reconnaissance

Monsieur votre servante

Théroigne

VAUDOYER (ANTOINE-LAURENT-THOMAS), célèbre architecte, 1756-1846.

L. a. s. (à un de ses collègues) : Paris, ce 22 messidor an 13e commençant en ces termes :

Je partage votre juste affection sur l'état d'abnégation et d'absorption où l'on jette aujourdhuy les arts, l'architecture, et particulièrement les architectes, que le vulgaire ignorant confond avec les goujats patentés qui en usurpent le titre.

Et finissant ainsi :

Je vous prie, Monsieur et cher collègue d'agréer l'expression sincère des sentiments d'estime et de considération, avec lesquels, je suis

Votre très affectionné serviteur,

VAUDOYER.

VILLARS (duc de), maréchal de France.

L. s. au marquis de Bissy (sans lieu ni date).

Vous serez toujours bien persuadé, Monsieur de tous les sentiments avec lequelle je vous suis plus parfaitement dévoué qu' personne du monde.

VILLARS.

VOLTAIRE (FRANÇOIS-MARIE-AROUET DE).

L. s. à Me Le Beau de Schosne : aux délices près de Genève, 25 avril 1755.

L'état douloureux où je suis m'ôte jusqu'à la satisfaction de me servir de ma main pour vous assûrer de l'estime que vous m'inspirez, et des sentiments avec lesquels j'ai l'honneur d'être, Monsieur,

Votre très humble et très obéissant serviteur.

Voltaire gentilhomme ord. du roy

VOLTAIRE.

L. a. sig. V., à Mr de Neuville : Cirey, 20 octobre 1737.

Je ne parle pas de moy mais de la dame du chatau. Je vous embrasse tendrement et suis à vous pour la vie.

V...

VOLTAIRE.

L. sig. V.. au comte Algarotti : 7 mars 1760, par Genève aux Délices.

Ayez grand soin de vôtre santé, il faut toujours qu'on dise de vous :

Gratia, fama, valetudo contingit abunde.

Pour, gratia et fama, il n'y a pas de conseil à vous donner. ni de souhaits à vous faire.

Vive memor lethe fugit hora hoc quod loquor inderest.

Vive letus et amame.

V.

ZOLA (Emile). écrivain naturaliste.

L. a. s. à M. le Président d'une Société littéraire; Paris. 20 mai 92.

Veuillez présenter mes excuses à vos confrères, et veuillez agréer pour vous, Monsieur le Président, l'assurance de mes sentiments les plus cordiaux et les plus dévoués.

Emile Zola.

Vendôme. — Imp. Empaytaz.

IMPRIMERIE
de
FRÉDÉRIC EMPAYTAZ
A
VENDOME

www.ingramcontent.com/pod-product-compliance
Ingram Content Group UK Ltd.
Pitfield, Milton Keynes, MK11 3LW, UK
UKHW022129260726
13993UKWH00003B/1330

9 782019 925826